우리 헤어지지 않게 해주세요

보통의 사랑을 한 당신에게

보통 (普通) [보:통]

[명사]

1. 특별하지 아니하고 흔히 볼 수 있음.

　　또는 뛰어나지도 열등하지도 아니한 중간 정도.

[부사] 일반적으로. 또는 흔히.

　나는 '보통'이라는 말을 아주 좋아한다. 특별하지 않다는 것은 나를 숨길 수 있는 최상의 조건이며, 흔히 볼 수 있다는 것은 누군가에게 자연스레 눈에 띌 수 있는 최고의 포지션이다. 뛰어나지 않다는 것은 피곤하지 않게 그렇다고 해서 너무 무료하지 않은 인생을 살게 해 주는 썩 괜찮은 방패가 되어 주고, 열등하지 않다는 것은 누군가에게 무시당하지 않는 인생을 살게 해 주는 좋은 무기가 된다.

그저 남들이 하는 만큼만. 너무 뒤처지지 않을 정도만. 그렇게 나는 나를 '보통'으로 만들어 왔다.

그런데 이 '보통'에 조금씩 조금씩 균열이 생기기 시작했다. 누구보다도 보통이라고 생각했던 내가 누군가에게 '특별한' 존재가 되고 나서부터.

김수민 올림

Contents

Chapter 1.

너로 인해 비로소

우리가 지금 사랑하는 이 모든 날들이

젊은 날의 추억으로 빛바래져 가더라도

그 바래지는 순간들 마저도

늘 함께이기를

Moment 1

교집합

우리, 누군가의 색으로 덮혀지는. 내가 당신인지, 당신이 나인지도 모를. 어느 누군가에게 완전히 채워지는 합집합이 아니라, 너의 이야기가 존재하고, 나의 이야기가 존재하며, 그 사이에 우리의 이야기가 공존하는. 다름과 다름이 섞인 그 다름 속에서 우리만의 색을 만들어 내는.

우리의 사랑은 교집합이기를.

Moment 2

나를 변화시키는

누군가를 좋아한다는 건

그 사람에게 난 부족한 사람임을 깨달음과 동시에
내가 더 좋은 사람이 되고 싶게끔 노력하게 되는 것이다.

이젠 당신을
사랑하고 싶어.

Moment 3

좋아합니다

"죽을 때까지, 평생, 오로지 당신만을"
이런 수식어 따위는 붙이지 않아도

그저 수줍게 건네는 좋아한다는 단출한 한마디에도
상대의 마음을 녹아내리게 할 수만 있다면

그게 진실한 사랑이다.

Moment 4

별거 아닌 특별함

나란히 서서 같이 걷는 것.

주말 저녁 아이스크림을 먹으며 TV를 보는 것.

비가 오면 당연히 우산을 하나만 펼치는 것.

좋은 노래가 이어폰으로 흘러나올 땐 당연히 한쪽 귀에만 꽂는 것.

자주 가는 카페의 쿠폰에는 늘 두 개의 도장이 찍히는 것.

그냥 서로 마주 보며 식상한 얘기를 하는 것.

정말 별거 아닌 듯하지만

매 순간순간이 매우 특별한 것.

오로지 너만이 가능케 하는 것.

Moment 5

당신의 모습

아름다운 모습으로 보이길 원한다면.
거울을 보며 당신을 가꾸지 말고
제 눈동자에 비친 당신을 보세요.

이 안에서 당신은 늘 아름다울 테니까.

Moment 6

당신의 하루

함께 있는 것만으로도 위안이 되는 사람이 있습니다. 지나쳐온 힘든 일상들이 무색해질 만큼 존재만으로도 위로가 되는 사람이 있습니다. 구구절절 말하지 않아도 그저 날 바라봐 주는 시선만으로도 위로가 되는 사람이 있습니다. 지칠 대로 지쳐 얼어붙어 있던 몸과 마음이 그저 손 한 번 잡아 주는 것만으로도 녹여 주는 사람이 있습니다.

거창한 선물이 아닌, 나에게 건네는 화려한 말 몇 마디가 아닌, 그냥 아무것도 하지 않더라도, 함께 있어 주는 것만으로도 위안이 되는 사람이.

그런 사람이 제겐 있습니다.

당신은
내게 그렇습니다.

Moment 7

인연을 운명으로

'인연'이라는 것은 사실 알고 보면 별거 아니다. 생각지도 못한 곳에서 누군가를 만난다거나, 누군가가 내가 아는 누군가와 연결되어 있다거나, 예상치도 못한 누군가가 내 사람이 되는 것처럼 인연이라는 것은 얽히고 설켜 내 주위에 널려져 있다.

결국, 당신이 나를 만난 것도 그저 수많은 인연 중 하나에 불과하겠지만, 나는 그 대수롭지 않은 이 '인연'을 '운명'으로 만들어 나가려고 한다.

Moment 8

서로가 아닌 우리

비가 유난스럽게 많이 오던 날이었지. 그때 우린 우산이 하나밖에 없었고, 혹여나 당신이 젖을까 우산을 당신 쪽으로 하고 걸었어. 그런데도 몰랐어. 내 한쪽 어깨가 완전히 젖고 있다는걸. 어렸을 때는 말이야. 내가 아닌 상대를 생각하는 마음이 참 예뻤었는데. 나이가 드니까 바뀌더라고. 서로가 서로를 생각하는 마음이 아닌 오로지 우리만을 생각하는 마음으로. '서로가 서로를 위한'이 아닌 '오로지 우리만을'이란 게 도대체 무슨 소리인지 모를 거야.

아마 대부분은 "당신 어깨가 젖잖아요. 전 괜찮아요."보다 이젠 "우리 같이 비 맞을까요?"를 원해.

Moment 9

사랑은 시계방 아저씨처럼

아끼던 시계가 고장이나 수리를 맡겼다. 그리 비싼 시계는 아니었지만 내 손목이 그 시계에 길들어 있었다. 아마도 정들었던 모양이다. 시계방 아저씨께 시계를 보여드리자 "많이 소중한 물건인가 봐요?"라고 물어왔다.

"소중한 건가요?" 이 얼마나 생소한 질문인가. 어쩌면 살면서 처음 받아 본 질문일지도 모른다. 당연히 소중한 물건이긴 했지만 나는 질문만 수십 번 곱씹으며 뒤늦게 대답했다. "네, 아끼는 거예요."

우린 뭐든 쉽게 바꾸고 갈아치운다. 휴대폰도 옷도 신발도. 물건이 그 사람에게 갖는 의미나 가치보다 물질의 기능만을 바라본다. 우리들의 관계 또한 별다른 것 없지 않았을까. 사소한 문제가 다툼으로 번지고 감정의 골이 깊어 졌을 때, 상대방이 나를 사랑하지 않는다고 생각하는 것처럼 말이다.

소중할수록 아끼고 아끼다 어쩌다 몇 번의 실수로 고장이 나면 고치고 또 고쳐서 사랑하면 될 것을. 그렇게 닳고 닳아 더 이상 고칠 수 없을 때까지 사랑하면 될 것을.

아, 어쩌면 나는 너를 고장이 나더라도 쉽사리 버리지 못하려나.

Moment 10

그마저도

늘 좋을 수만은 없을 것이다. 늘 웃고 행복할 수 있다면 좋겠지만, 현실의 사랑은 다를 것이다. 생각했던 것들과는 너무나도 달라서 아마도 힘든 순간들도 오겠지만, 그래도 부정하지 말고, 그것들마저도 다 사랑하기를.

질투나 집착, 다툼도 어쨌든 사랑에서 흘러나온 당연함이니까.

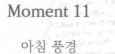

Moment 11

아침 풍경

자다가 눈을 떴을 때
그 앞에 펼쳐지는 풍경이

온통 너로 가득 찼으면.

아침에 눈을 떴을 때
네가 옆에 있었으면 해.

Moment 12

시선

그저 바라보는 것만으로도 벅차오를 때가 있다.

힘들면 힘들다고
좋으면 좋다고
슬프면 슬프다고
행복하면 행복하다고

굳이 말로 표현하지 않아도
시선만으로도 충분히 느낄 수 있는.

Moment 13

설레지 않더라도

오래된 연인들은 설렘에 무뎌져 간다. 무뎌진다기보다는 그 자체가 희미하게 흐려지는 걸지도 모른다. 설레지 않는다는 건 사랑하지 않는다는 뜻이 아닌데 대부분의 연인은 아마도 그렇게 받아들이는 듯하다.

설렘은 조금 무뎌지고 흐려지는 게 아니라 믿음으로 변하는 것이다. 상대방이 어떠한 행동을 할지, 어떠한 감정을 보일지 몰라 궁금해하기도 한다. 그 사람의 새로운 모습에 설레는 감정들이 시간이 지나 점차 내가 아는 모습들로 바뀌고 그러한 당신의 모습을 믿는 나로 인해 당연히 희미해져 버린 설렘인 것을.

그러니 나는 더 이상 당신에게 설레지 않아도 좋다.
당신 또한 내게 설레지 않아도 괜찮다.

어쨌든 사랑이지 않은가.

Moment 14

좋은 사람

이성 관계가 어떻든, 대인 관계가 어떻든.
경제 사정이 어떻든, 가족 문제가 어떻든.
지나온 날들이 어떻든, 원래 어떠한 사람이든.

나에게 아무 상관 없는 일들이다.

내가 너를 좋아한 그 순간부터
너는 내게 그냥 좋은 사람이다.

Moment 15

아무도 알려 주지 않은

누군가를 알게 되고
누군가를 만나게 되고
누군가를 사랑하고
누군가를 그리워하고

참 신기하다.
몰랐던 사람을 알게 되고 만나고 사랑하는 것도.
그 누구도 알려 주지 않았는데 그 감정이 사랑이라 느끼는 것도.

Moment 16

매 순간마다

누군가를 좋아한다는 게 서툴고
마음과는 다르게 늘 상처만 주겠지만.

앞으로의 매 순간순간을 당신에게 반했던 그 순간으로 보내고
저를 미워하고 화를 내는 그 순간마저도

저는 당신께 반할 것입니다.

Moment 17

여기저기에

내가 얼마나 예쁜 사랑을 했든, 얼마나 슬픈 이별을 했든지 간에 사람 산다는 게, 모두가 살아간다는 게 참 거기서 거기란 생각이 든다. 오로지 나만이 겪는 감정일 줄만 알았던 수많은 감정이 여기저기에 묻어 있다.

아무 생각 없이 그저 흥얼거리기만 했던 노래들이
그저 따라 부르기만 했던 노래 가사들이

내가 너에게 해 주고 싶은 이야기가 되고
네가 나에게 해 주고 싶은 이야기로 들리는 것처럼.

너에게 들려주고 싶은
얘기가 참 많아.

Moment 18

각자의 방식

좋아한다는 감정이 조금 서툴더라도
그리고 가끔 실수를 하더라도
그것이 사랑이 아닌 것은 아닙니다.

방식이 서툴더라도 이해할 수 있는 사랑이기를 바랍니다.

Moment 19

사랑의 향기

    꽃이 피고 꽃이 지고. 피고 지기 전까지 한결같은 향이 나지 않는 이유는 그 꽃의 향기가 갑자기 사라지는 게 아니라, 향이 다해 꽃이 죽어 버리는 게 아니라, 단지 그 향기에 쉽게 적응해 버렸고, 그 향기를 더 이상 느끼지 못할 뿐이다.

사랑은 변하지 않는다.
너도 변하지 않는다.

단지 내가 그 향기에 적응하였을 뿐.
나는 너에게 너는 나에게 늘 한결같은 향이기를.

Moment 20

매듭

누군가를 사랑하는 게 늘 서툴다. 오해와 이해 사이에서 늘 방황하고, 욕심과 배려 사이에서 늘 고민하고. 그렇게 늘 엇갈리고 뒤엉키겠지만, 우리의 인연이 너무 쉽게 매듭지어지는 것도 그 매듭이 너무 쉽게 풀어지는 것도 원치 않는다.

어렵고 서툴더라도
차라리 서로가 서로에게 엉켜서

그렇게 우리 인연이
단단한 매듭이 되기를.

Moment 21

현명하게

힘들고 짜증이 날 땐 제게 소리치고 싫은 소리를 해도 좋습니다. 다만 상처가 될 말들은 하지 않도록 해요. 지나쳐온 과거들을 회상하고 추억하며 미래의 일들을 계획하고 설레며 사랑해요. 다만 과거의 모습을 그리워하며, 먼 미래의 섣부른 약속 따위는 하지 않도록 해요. 남들이 눈살 찌푸릴 만큼의 과한 애정 표현이나 닭살스러운 표현은 못 합니다. 그러니까, 나중에 더 해 주지 못해 후회로 남지 않도록만 해요.

당신을 매 순간순간 현명하게 사랑하겠습니다.
당신은 그 순간순간을 즐기며 사랑해 주세요.

Moment 22

아무렴 어때

설레는 이 마음이 그저 흔들림인지 모르겠습니다.
'내 사람이다.'라는 내 직감이 잠깐의 착각인지 모르겠습니다.
당신을 보고 싶어 하는 이 마음이 순간의 망상인지 모르겠습니다.
어느샌가 질투를 하고 있는 내 마음이 잠깐의 욕심인지 모르겠습니다.
이 답을 알 수 없는 감정들이 온통 제 머릿속을 헤집어 놓을 때,
당신을 마주하는 순간 명확하게 답이 내려졌습니다.

'아무렴 어때.'

당신을 만난 순간부터 이미 나는.

Moment 23

사랑한다면

누군가를 좋아하게 되면 그 사람 외에는 아무것도 보이지 않는다. 당연히 보여야 할 부분들이 사랑이라는 감정에 가려져 판단력이 흐려지고 시야가 좁아진다. 그리고 그 누군가와 만나 사랑을 하는 순간, 감정에 가려져 있던 부분들이 조금씩 드러난다. 이로 인해 서로가 서로에게 실망하게 되고, 그 실망감이 조금씩 서로에게 닿음으로써 이별을 맞이하게 된다. 변한 게 아니고, '사랑하지 않아서'가 아니고, 단지 그 사람의 있는 그대로의 모습을 보지 못한 본인의 잘못인데 말이야.

누군가를 좋아한다면
누군가를 사랑한다면

내가 상대방에게 원하는 모습을 찾아내려 하지 말고 상대방의 있는 그대로의 모습에서 사랑할 부분을 찾자. 상대방에 대한 희망 사항이 많아질수록 그 희망 사항은 불만 사항으로 바뀐다.

Moment 24

온전한 나

좋은 내가 되어야 좋은 사람이 내게 온다. 과연 이렇게 만난 인연은 좋은 인연일까? 온전한 내가 아닌, 누가 봐도 좋은 모습의 나로 바뀌어야만 누군가를 만난다면. 내가 바뀌어 좋은 모습을 보임으로써 그때가 되어서야 나에게 다가오는 누군가라면. 과연 그 인연은 옳은 인연일까? 내가 원하는 건, 아니 어쩌면 우리가 원하는 건 온전한 날것 그대로인 지금의 나에게 다가와서, 그 사람에게 조금 더 나은 내가 될 수 있는 그런 인연 이다.

Moment 25

존재의 이유

내가 하는 말을 제대로 들어 주고 이해해 주기 전까지 내 말이 옳다고 증명할 수 없다. 내가 가고 있는 이 길을 누군가가 인정해 주고 따라와 주기 전까지 옳은 길이라고 증명할 수 없다. 누군가가 나를 알아봐 주고 내 말에 귀 기울여 주고 나를 바라봐 주기 전까지 내가 존재한다는 걸 증명할 수 없다.

누군가가 나를 사랑해 준다는 건
내가 나일 수 있게 해 주는 것이다.

Moment 26

보고 싶다

보고 싶다는 말이 참 좋습니다. 당신이 하는 말 중에 '보고 싶다.'라는 말이 저는 참 좋아요. 제 생각을 하는 거잖아요. 온종일은 아니더라도 지금 그 사람의 머릿속엔 제가 있는 거니까요.

'보고 싶다'라는 말에는 간절함이 묻어 있어요. '좋아한다'라는 말과는 전해져 오는 그 온도 차부터가 달라요. '보고 싶다'라는 말은 특정 대상만이 그 간절함을 해소해 줄 수 있잖아요. 갈증이 나 갈증을 해소해 줄 무언가를 찾고, 허기가 져 허기를 달래 줄 무언가를 찾고, 보고 싶은 간절함에 나를 찾아 준 거잖아요. 저는 당신이 하는 말 중에 '보고 싶다'라는 말이 참 좋아요.

Moment 27

한결같은

새로운 것에 대한 설렘과
알지 못하는 것에 대한 두려움.
혹여나 놓치지 않을까라는 불안감과
도망쳐 버리지 않을까라는 공포감.

그때 그 모든 순간과 감정들을 기억한다면
아마 늘 감사하며 당신을 사랑할 수 있을 것이다.

Moment 28

구속의 아름다움

누군가에게 소유 되고 누군가의 한 부분으로 채워진다는 것. 우린 가끔 이 소유로부터 오는 지루함을 구속이라는 핑계로 벗어나려고 한다. 집착 이 심하다. 구속이 심하다는 핑계로 상대방의 사랑을 잘못된 사랑 방식으 로 단정 지어 버린다. 집착과 구속은 모두 사랑에서 비롯된 감정들이다. 지루하다는 것은 익숙하다는 것이고 익숙하다는 것은 없어선 안 될 무언 가라는 뜻이다.

단언컨대 구속하고 구속받는 게 행복하다 느껴질 때쯤엔 사 랑은 가장 밝게 빛날 것이다.

너에게 익숙해져 간다는 것.

Moment 29

있으신가요 있으셨나요

설레기보다는 편안하게 해 주는 사람이 좋고.
밥 먹을 때 잘 보이고 싶기보다는
평소 이상으로 먹게 되는 사람이 좋고.
추운 겨울에 따뜻한 곳으로 데려다주기보다는
두 손을 모아 입김을 불어넣어 주는 사람이 좋고.
연락이 오면 당신일까라는 기대감보다
당신이겠지라는 확신을 주는 사람이 좋다.

그런데 참 이상하게도
이 모든 요구 사항을 충족시켜 주지 않더라도

그냥 옆에만 있어도
마치 온 세상을 다 가진 것 같은 느낌을 주는 사람이 있다.

Moment 30

처음이라서

처음이라서 그런 거예요. 좋아하는 게 처음이라서 그런 거예요. 수많은 연애와 썸이 있었지만, 당신이라는 사람을 좋아하는 게 처음이라서 그런 거예요. 당신이 어떤 음식을 좋아하는지 또 어떤 음식을 못 먹는지, 조용한 카페를 좋아하는지 시끄러운 펍을 좋아하는지, 소주를 좋아하는지 맥주를 좋아하는지, 여름을 좋아하는지 겨울을 좋아하는지 저는 알지 못해요.

당신에 대해 아는 게 전혀 없어요. 어때요? 이거면 충분하지 않아요? 모르는 것 투성이인 당신을, 그리고 같은 점보다 다른 점이 더 많은 당신을 제가 좋아하잖아요. 이 얼마나 놀라운 일이에요. 그러니 조금 서툴더라도 이해해 주세요.

당신이 처음이라서 그런 거예요.
그럼에도 불구하고 당신을 좋아하니까요.

Moment 31

Heart

손가락 하트, 손으로 만든 작은 하트, 양쪽 팔을 머리 위로 들어 큰 하트, 커플이 한쪽 팔로 만들어 내는 하트.

하트는 heart
Heart는 사랑

손가락 사랑, 손으로 만든 작은 사랑, 양쪽 팔을 머리 위로 들어 큰 사랑, 커플이 한쪽 팔을 하나씩 들어 만들어 내는 사랑.

아, 이 얼마나 어색한가. 나는 아직도 사랑이란 말이 쑥스러운가 보다. Heart가 사랑이고 사랑이 heart인데 난 왜 사랑을 사랑이라고 입 밖으로 꺼내는 게 이리도 간질거릴까.

Moment 32

사랑의 등가 교환

주는 만큼 받는다는 등가 교환의 법칙은 사랑이라는 관계에서는 성립되지 않는다. 동등한 위치에서 동등한 크기의 사랑을 주고받는다는 건 어려운 일이다. 그렇다고 해서 성립되지 않는 이 등가 교환의 법칙이 잘못됐다는 것이 아니다. 우리가 알아야 할 것은 받는 쪽이 주는 쪽에게 미안해하고, 부담스러워할 필요가 없다는 것이다. 여유 있는 사람이 조금씩 자신을 도려내어 상대방의 부족한 부분을 채워 넣음으로써 사랑은 완성된다. 주는 사람은 내 일부분을 도려내어 상대방에게 줄 때 미안함과 부담스러움이 아닌 '고맙다'는 표현 하나만으로도 충분히 보상받는다.

사랑의 모닥불은 작은 땔감 하나에도 똑같은 온도로 뜨겁게 불타오른다.

우리 절대 헤어지지 않게 해주세요.

Moment 33

그 언젠가

지금 이 순간이 영원하지 않더라도
그 언젠가 우리의 행복했던 기억이 한 조각쯤 남아서
나를 그리워해 준다면

그마저도 행복할 것 같습니다.

Moment 34

처음이라는 것

첫사랑, 첫 대학생활, 첫 데이트, 첫 키스, 첫 경험, 첫 직장. 처음이라는 것은 인생에서 아주 치명적으로 다가온다. 처음이라는 것은 단지 새로운 무언가를 경험한다는 것을 떠나, 이제껏 몰랐던 감정이 탄생하는 순간이기도 하다. 그래서인지 이 '처음'이라는 것은 그다음에 겪어대는 것들을 비교하는 기준이 되어 버린다.

그 기준은 쉽게 바뀌지도, 잊히지도 않는다.

Moment 35

우리는 표현을 해야 합니다

우린 가끔 자신의 솔직한 감정을 숨기며, 둘러서 표현할 때가 있다. '직설적인 표현은 조금 조심스러워서' 아니면 '지금 이런 감정을 느끼는 내가 부끄러워서' 등. 표현을 둘러서 하는 것에는 여러 가지 이유가 존재한다.

다만 우린 사랑에 있어서는 직설적으로 표현해 주는 게 때론 관계를 더 나은 방향으로 나아갈 수 있게 한다. "너 요즘 왜 그래?" "너 변했어." 보다는, "오늘은 네가 나를 별로 사랑해 주지 않은 것 같아 서운해."라고 솔직하게 표현하는 것이 조금 더 유한 관계를 형성할 수 있게끔 한다.

오늘 하루 어땠어?

Moment 36

짠

동네 어느 초라한 로컬 밥집에서 저녁 식사를 하고 있던 때였다. 식사 중간 무렵 식당에 어느 노부부가 들어와 메인 메뉴 하나와 소주 하나, 사이다 하나를 주문했다.

노부부는 서로의 잔에 소주와 사이다를 나눠 부은 후 각자의 잔을 맞대고 식사를 시작한다.

나는 방금 이 초라한 식당에서 저 노부부에게 사랑이란 것을 조금 배운 듯하다.

사랑이란 저런 것이었구나. 강요가 아닌 이해. 사이다를 따른 내 잔으로 소주를 따른 상대방의 잔에 짠 해 줄 수 있는 것.

오늘따라 유난히 소주잔끼리 부딪치는 소리가 맑다.

Moment 37

우리의 꿈

설렘이라는 감정은 일시적인 감정일 뿐이다.
사랑이란 것도 사실은 다 허황된 감정일 뿐이다.

고로, 우리가 지금 사랑하고 있다는 것은
너랑 내가 말도 안 되는 날들을 보내고 있다는 것이다.

마치 꿈처럼.

Moment 38

사랑의 힘

사랑의 힘은 약하다. 사랑에는 국경이 없고, 사랑에는 나이가 필요 없다지만 어디까지나 이것들은 '사랑의 힘'이 아닌, 사람을 사랑하는 '사람의 힘'이다. 사랑이란 건 워낙 약해서 힘들고 외롭다고 사랑에 기대 버리면 쉽게 꺾여 버리고 만다.

고로 사랑에 기대지 말고, 사랑이. 그리고 사랑하는 이가 내게 기댈 수 있도록 해야 한다. 그 사람이, 그 사랑이. 내게 영원히 머물러 줄 것인지는 오로지 내게 달린 것 이다.

Moment 39

있는 그대로의 사랑

물건에는 저마다의 기능과 역할이 있다. 우리는 그 물건에 맞는 사용설명서를 읽고, 그 물건에 맞는 사용법을 익힌다. 정해진 사용법이 아닌 자신의 취향에 맞춰 바꾸려고 한다면 그 물건은 고장 나 버리거나 망가져 버린다.

그런데 사람들은 물건을 사용할 때, 그 물건에 맞는 사용법을 익힌 후 자신을 그것에 맞춰 사용하면서, 정작 사람을 상대할 때는 상대방을 자신에게 맞추려고 한다. 사람에게도 저마다의 '기능'과 '역할'이 있고, 하물며 '감정'이라는 것도 있는데 말이다.

취향이 지나치면 편견이 되고, 편견이 지나치면 외면이 된다.
사람은 쉽게 변하지 않는다. 감정이 변할 뿐.

나도, 당신도
변하지 않을 거야.

언젠가 끝이 날 이 사랑을 두려워할지언정
시작마저 두려워하는 사랑은 하지 않기를

Chapter 2.

아직은 여리다

사랑은

당신이 생각하는

이상형의 모든 조건을

무너뜨리면서 찾아온다

Moment 40

감정의 잔

네가 그랬고
내가 그랬다.

나는 반이나 채워져 있는 잔을 보듯이 너를 쳐다봤고
너는 반이나 비어 있는 잔을 보듯이 나를 쳐다봤다.

너는 적당히 채워져 여유 있게 찰랑거리는 잔이었으며
나는 어느 정도 비워져 위태롭게 요동치는 잔이었으니.

서로가 서로에게 느끼는 행복함의 농도는
어떤 시선으로 바라보느냐에 따라 달라진다.

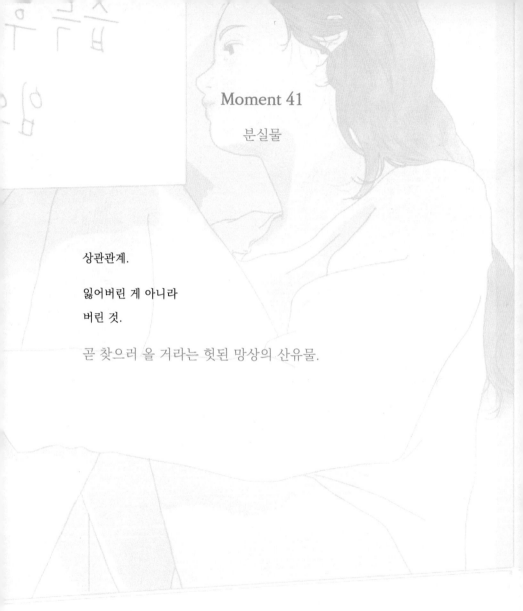

Moment 41

분실물

상관관계.

잃어버린 게 아니라
버린 것.

곧 찾으러 올 거라는 헛된 망상의 산유물.

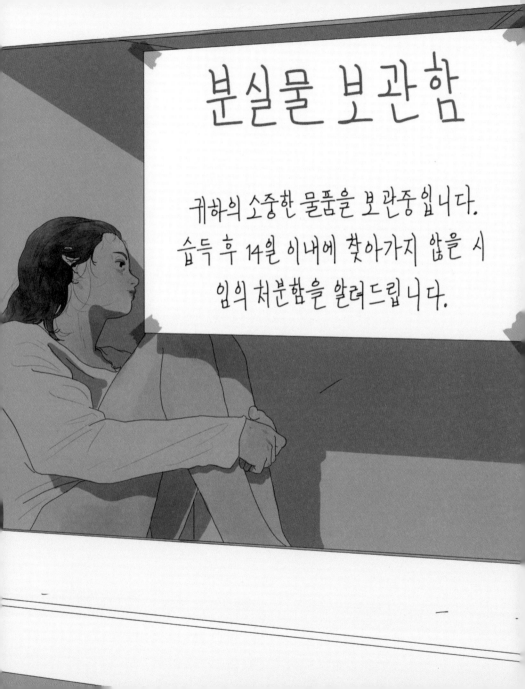

Moment 42

갑과 을

"가지 마. 아직 많이 좋아해. 한 번만 기회를 줘. 내 잘못된 점들 내가 잘못했던 점들을 말해 준다면 고쳐볼게."

이미 떠난 마음은 절대 잡을 수 없다. 혹여나 다시 잡힌다 하더라도 처음의 그 마음을 기대하지는 말자. 미련과 집착으로 상대방을 잡는 그 순간부터 연인 관계는 동등한 위치에서 사랑을 주고받는 관계가 아닌, 갑과 을의 관계로 바뀐다.

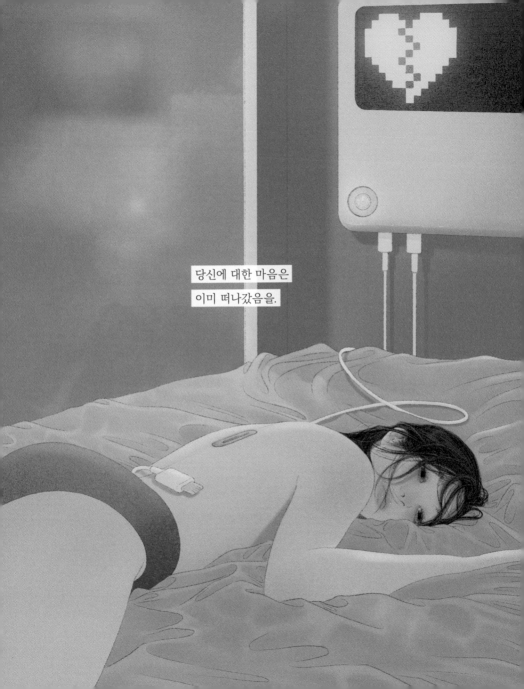

당신에 대한 마음은

이미 떠나갔음을.

Moment 43

남과 여

여자는 충분히 울고 나서야 이별을 고하고
남자는 이별을 맞이한 뒤에 눈물을 흘린다.

Moment 44

악몽

나는 도대체 너에게 어떤 사람이었길래. 무엇을 그렇게 잘못했길래. 네가 없어진 지금도, 내 눈앞에 나타나 아른거리며 이토록이나 나를 힘들게 만드는 걸까. 애써 잊었다 생각하고 담담해지려 할 때면 어김없이 너는 우리가 함께했던, 우리가 함께 보았던, 우리가 함께 느꼈던 그 무언가를 매개체 삼아 내 앞에 다시 나타난다.

매일 나를 괴롭히는 악몽 같은 너보다 더 싫은 건 악몽을 꿀 것을 알면서도 잠자리에 드는 나 자신이다. 어쩌면,

잊어버리려 할 때쯤 나타나 나를 괴롭히는 게 아니라
잊어버리려 할 때쯤 너를 찾아 괴롭히는 걸지도.

아직까지도

잠 못 이루는 밤을 지새고.

Moment 45

그리움은 사소한 것에서부터

집에 들어왔을 때 H의 향기가 코끝을 스쳤다. 곳곳에 배어 있는 H 특유의 비누 향이 채 빠지지 않았다. 날이 제법 쌀쌀해져 온기가 없는 손바닥으로 얼굴을 쓸어내린 후, 신발을 벗어 한쪽 구석에서 한 뼘 떨어진 자리에 정리를 해 놓았다. 마치 누군가의 신발이 벽과 내 신발 사이에 쏙 들어올 법한 거리였다. 여느 때처럼 옷을 벗어 소파 위에 던져 놓았다. H가 이 모습을 봤다면 엄청 잔소리를 해댔을 게 분명하다. 화장실에 들어와서 온도가 적당해지길 기다리며 멍하니 거울을 들여다봤다. '뭐 나름 잘 견디고 있구나….' H와 이별한 지 일주일이 지난 후였다. 나란히 걸려있던 칫솔 한쪽은 물기가 메말라 있었고, 치약 옆에 꽂혀 있는 면도기의 날은 조금씩 녹이 슬고 있었다. 바라보던 거울이 조금씩 뿌옇게 변하자 나는 욕조 안에 몸을 담갔다. 정적이 흘렀다. 내 움직임을 따라 움직이는 물소리만이 이곳을 가득 채웠다. 물이 조금씩 차가워질 때쯤 일어나 샤워를 마치고 수건걸이에 손을 뻗었다. '아 참 수건….' 담담하게 화장실 문을 열어, 온몸에 물기가 가득한 채로 텅 빈 거실을 바라봤다. 텅 빈 거실엔 무심하게 던져진 내 옷만이 그대로 소파 위에 놓여 있었고, 나는 결국 잘 참아오던 눈물이 터져 버렸다.

그리움은 사소한 곳에서부터 다가온다.
사소한 것들마저도 온통 당신이었으니까.

Moment 46

인지능력

    너무 사랑에 관대했던 탓일까. 당신에게 관대했던 탓일까. 사랑에 빠지게 되면, 누군가에게 미치게 되면 우리는 그 상황에 맞는 인지능력을 상실한다. 분명 나와 있는 뻔한 답을 피해 오로지 상대방만을 고려한 답을 찾아내고, 그것이 정답일 거라 확신하며 그렇게 조금씩 이별을 맞이한다. 일어나자마자 확인하는 휴대전화에 부재중 연락이 없을 때 '아직 자는가 보구나' 생각하고, 전화해서 받지 않으면 '바쁜가 보구나', 문자를 남겨도 읽지 않으면 '바쁜가 보구나' 생각하고, 그 와중에도 매 순간을 바쁜 당신 혹여나 끼니도 못 챙기진 않을까 하고 걱정한다. 온종일 연락이 없으면 그 사람 걱정에 제 일은 하나도 못하고, 그렇게 하루가 지나고서야 온 그 사람의 연락이 너무나도 고맙고 다행이라고만 생각한다. 사랑하고 있다면 누군가에게 미쳐있다면 느낄 것이다. 본인이 지금 올바른 상황 파악을 못 하고 있다는 것을. 그리고 이 모든 상황을 인지할 때쯤이면 이미 늦었다는 것을. 그때가 되면 뒤늦게 깨닫는다. 이 모든 상황의 답을 아마 나는 알고 있었지만, 그걸 인정하기 싫었을 뿐이라는 것을. 인정해 버리면 내가 너무 비참해질까 봐. 내가 너무 불쌍해질까 봐. 그렇게 한낱 작은 희망이라도 붙잡고 누군가와의 만남을 이어가려 했다는 것을.

사랑에
너무나도 관대했던 탓일까.
작은 희망 따위가
너무나 크게 느껴진다.

Moment 47

추억의 상처

너와의 날들을 하나씩 꺼내 떠올렸더니 전부 다 상처더라고요.
그 쓰라린 상처들을 다시 쓸어 모아 담아두니 추억이 되더군요.

난 당신에게 추억일까요 상처일까요.

당신에게 제가 상처라 하더라도
어쨌든 그것도 추억이겠죠.

Moment 48

늘 그래왔듯이

늘 그랬듯이 사랑은 또다시 찾아온다.
지금까지 그래 왔고, 앞으로도 그럴 것이다.

그리고 지금까지 그래 왔고, 앞으로도 그럴 것이다.
당신이 생각하는 그 사람은 오지 않을 것이라는 것.

Moment 49

소유

누군가를 만나고, 인연을 맺는다는 건 늘 어렵다.
아무것도 아닌 일에 서운해져 버리고
아무것도 아닌 말에 섭섭해져 버리니까.

사랑은 이해하고 소유는 실망한다.

넌 과연 내가 사랑하고 싶은 사람일까.
소유하고 싶은 사람일까.

당신은 내게 어떤사람일까.

Moment 50

내 자존심이 말한다

과연 당신과 제가 한 게 사랑이 맞을까요.
과연 우리의 시간이 '우리'의 시간이었을까요.

문득 이런 의문을 가지고 답을 쫓고 있을 때가 있어요.
별 의미는 없어요.

그저 마지막에 덩그러니 놓인 내 자존심이
당신을 사랑이었으리라 고집하고 있는 건 아닐까 해서요.

Moment 51

어장

어항 속에 물고기를 가둬 놓고 적당한 타이밍에 먹이를 던져 주며 지켜보는 사람의 잘못일까. 어항 속의 삶에 안주하며, 저 위에서 떨어지는 먹이를 그저 다른 물고기들보다 한입이라도 더 먹어보겠다며 열심히 지느러미를 흔들어대는 물고기의 잘못일까.

어쨌든 이 사람 저 사람 간을 보며 관리한다는 것을 어장관리라 하는 거면, 결국 관리당하는 쪽인 물고기가 더 잘못이 큰 것임은 틀림없다.

Moment 52

쉽지만 어려운

나만의 일방적 감정의 행동일까 두렵고, 상대방은 그저 관계 유지를 위한 의무적 행동일까 무섭고, 그 의무적인 행동으로 더 깊어져 갈 내 감정이 싫었고, 그 감정에 부담스러워할 상대방의 마음이 겁이 나서, 그 쉬운 연락 한 통도 참 망설여지는.

만약 상대방도 같은 마음이라면?

그렇게 둘은 서로가 서로를 좋아하며, 서로를 위한답시고 조금씩 멀어져 가겠지. 참 어렵지? 서로가 서로를 아무리 좋아해도 좋아하는 감정만으로는 이루어질 수 없는 현실이.

Moment 53

내가 그랬고, 네가 그랬다

나이 먹도록 내가 배운 게 있다면 여자의 직감은 늘 무서웠다.
남자의 변심보다 느려서 문제였지.

또 여자의 마음은 갈대라는 말은 맞는 말이었다.
다만 제자리에서 흔들거릴 뿐, 절대 그 자리를 벗어나는 일은 없었다.

내가 그랬고, 네가 그랬듯이.

Moment 54

독신주의

우리는 그들의 슬픔을 헤아리지 못한다. 사랑을 믿지 못하는 사람들은 진짜 사랑을 해 봤던 사람이고, 사람을 믿지 못하는 사람들은 사람을 믿어 봤던 사람들이다. 우리는 감히 사랑을 믿지 못하는 사람들만큼 깊은 사랑을 해 보지 못했을 것이고, 우리는 감히 사람을 믿지 못하는 사람들만큼 누군가에게 두터운 믿음을 가진 적이 없을 것이다.

이들은 우리가 가늠할 수 있는 범주를 넘어선 무언가로부터 상처를 받은 사람들이다. 주변에 매사에 부정적인 사람들이 종종 있다.

부정적인 사람들은 대개 상처받은 사람들이다.
사랑으로부터.
사람으로부터.

Moment 55

미소

웃는다는 건 어떤 의미일까.
요즘 들어서 웃어도 웃는 것 같지 않고
웃어도 왜 웃는지 모르겠다는 생각이 문득 들어.

행복해서 웃는 건지
무언가를 숨기려고 웃는 건지
웃고 있으면 다들 내가 행복한 줄만 알아.

어쩌면 다들 저마다의 미소로 숨기고 사나 봐.
다가가서 많이 힘들지?라고 손길을 내밀면 터져 버릴 무언가를.

각자의 상처를 저마다의 미소로
숨기고 있는 건 아닐까?
금방이라도 무너져 버릴 거면서.

Moment 56

알다가도 모를

사람들과 어울리거나 누군가를 만나는 그 시간 그 틈새에서 나도 모르게 혼자만의 공간을 찾게 되고, 사람이 그립고 시끄러운 무언가들을 그리워하다 정작 만나고 나면, 보다 더 큰 왠지 모를 외로움과 공허감에 부딪힌다.

나는 사람을 좋아하는 걸까 싫어하는 걸까. 나는 사람을 그리워하는 걸까 이것마저 나의 착각일까. 사람 때문에 내가 외로운 걸까. 아니 어쩌면 누군가가 이러한 나 때문에 외로운 걸까.

나도 나를 모르겠는 요즈음. 이 기분을 알까.
혼자는 죽도록 싫은데 혼자인 게 좋은.

Moment 57

어려운 나이

- 주저앉아서 울어 버리고 싶어.
- 그러기엔 우린 너무 커 버렸어.

- 당당하게 이겨 나아가고 싶어.
- 그러기엔 우린 너무 어린 나이야.

성인.
그렇다고 해서 어른은 아닌.
참 이러지도 저러지도 못하는, 나이 탓하기 어려운 나이다.

Moment 58

짝사랑

짝사랑이 힘든 이유는 한쪽의 일방적인 사랑이기 때문이 아니다. 짝사랑이 힘든 이유는 내가 아무것도 아니란 걸 뼈저리게 느끼기 때문이다.

상대방이 누굴 만나든 누굴 만나서 무엇을 하든 질투를 할 수도, 화를 낼 수도 없는 그럴 자격조차 갖추지 못한 사람이란 걸 비로소 다시 한번 깨닫기 때문이다.

Moment 59

행복의 정당화

이젠 다 내려놓아야 할 때.
우린 가끔 단 하나의 행복을 정당화 시키기 위해
복잡한 계산을 할 때가 있다.

지켜야만 하는 행복은
절대 행복이 아닌데 말이야.

아, 이젠 정말 행복하고 싶어.

Moment 60

변하지 않을 것처럼

사랑은 언젠가는 그 사랑한 시간과 함께 끝난다. 또 어떠한 사랑은 시간과 함께 조금씩 바뀌어 간다. 끝이 나거나 아니면 조금씩 바뀐다 하더라도 변하지 않는 진실은 언젠가 변해 버릴 사랑이라 해도 언젠가 끝나버릴 사랑이라 해도 우리는 멍청하게도 또다시 사랑한다는 것이다.

시간이 지나도 변하지 않을 것처럼.
시간이 지나도 끝나지 않을 것처럼.

사랑을 하지 않고서는
살아갈 수 없는 걸까?

Moment 61

다음 장

재미가 없다고, 스펙타클하지 않다고 해서 당신의 이야기를 삼류영화라고 단정 지을 수는 없다. 재밌는 영화만 개봉되어야 한다면 모든 영화가 박스오피스 1위에 오를 것이고 재밌는 책만 출간되어야 한다면 모든 서점엔 딸랑 책 몇 종류만 두고 판매할 것이다.

당신이 주인공인, 당신이 써 내려가고 있는 그 책 또한 세상에 나온 것이고 누군가는 당신이 주인공인 그 책을 고를 것이며, 이미 누군가가 당신을 골랐을지도 모를 일이다.

그러니 당신은 당신의 이야기를 쓰면 된다. 다른 사람이 뭐라하건 당신은 당신의 삶을 살면 된다. 당신이 주인공인 그 책의 현재 페이지가 슬픈 장면이든 행복한 장면이든, 아니면 제대로 시작하지 않은 이야기의 초입이든 그런 건 아무 문제가 되지 않는다.

왜냐?

⋮

당연하게도 우린 다음 장으로 넘어가게 되어 있으니까.

이전 이야기는 보이지 않는.

이별에 아파하는 사람들 대부분은
내 전부를 다 주었던 것처럼 군다.

정작 내가 가진 전부를 다 준 사랑이었다면,
오히려 아프지 않고 후련할 텐데.

Chapter 3

다 그렇게 살아가

왜 좋냐는 질문에는

좋아하는데 이유가 어딨냐더니

헤어지고 나서는

헤어진 이유를 찾는다

Moment 62

과거의 사랑

지금의 누군가를 사랑한다는 건 그 사람의 과거마저 사랑한다는 뜻이다. 하지만 지금 누군가를 사랑하려 해도, 과거는 늘 걸림돌이 되기만 한다.

참 어렵다. 과거가 있었기에 내가 존재하고, 내가 존재한다는 건 지나온 과거가 있다는 것인데. 내가 지나쳐온 과거들이 아직 날 놓아주지 못한 채 현재의 나를 괴롭힌다.

아니. 어쩌면 내가 그 과거들을 붙잡고 있는 걸지도.

Moment 63

기다림, 사랑, 난제

나는 기다림이 곧 사랑인 줄로만 알았다. 하염없이 기다려 주고 늘 그 자리를 지키고 있는 것만이 상대방을 향한 내 마음의 증명이고 그것이 사랑하는 사람에 대한 도리라고 생각했다. 그러다 문득 거울에 비친 내 모습이 초라하고 가엾기 그지없었다.

내가 하고 있는 이 기다림을 사랑이라고 예쁘게 포장한 건 아닐까? 기다림이 사랑일지도 모른다. 물론 기다림도 사랑에 필요한 중요 요소 중 하나임은 틀림없다.

그럼 상대방을 기다리게 하는 것은 사랑일까?
남겨져 기다리고 있는 나를 위한 사랑은 무엇일까?

사랑하는 누군가를 기다리는 것은 당연한 일이지만 사랑하는 누군가를 기다리게 하는 것이 당연해지면 안 된다. 이 난제의 해답은 아마도 기다림의 기간에 비례하겠다.

그러니 당신이 누군가를 기다리고 있다면 혹은 누군가를 기다리게 하고 있다면 최대한 빨리 답을 내리길 권한다.

그 답이 무엇이 됐든 기다림이 짧다면 그게 정답일 테니.

Moment 64

돌이켜보면

나는 늘 혼자였다. 주변에 기댈 데라곤 한 군데도 없고, 기댄다는 것 자체가 내 약점을 드러내는 것 같았다. 그렇게 늘 '괜찮아 괜찮아.' 자기 암시를 걸면서 나는 나를 혹사하고 있었다. 출근해서도 작은 책상 모니터 앞이 내 세상이었고, 퇴근길 지하철 구석 한쪽에 안타까운 나를 위해 선심 쓰듯 달린 손잡이 하나 그 아래가 내 세상이었으며, 현관문을 열고 숨 막히는 통로를 지나 또 다른 문을 하나 더 열어야만 내 세상이었다. 참 신기하지. 혼자인게 외로워 죽을 것 같으면서 나는 나를 더 구석으로 밀어 넣고 있었다. 방문을 닫고 커튼도 다 쳐야만 한다. 창밖으로 반짝이는 저 빛들이 마치 갇혀있는 나를 찍어대는 카메라 셔터 같다. 그렇게 커튼까지 다 치고 나서야 내 세상이 완성되었다. 조금은 외롭지만 내가 나일 수 있는 유일한 공간이었다. 그렇게 조금씩 조금씩 나는 나로부터 잠식당하고 있었다.

"카톡"

외부와 철저히 단절된 내 세상에 정적이 깨졌다. 대학 시절에 같이 놀던 친구 놈에게서 메시지가 왔다. 졸업하고 나선 그냥저냥 SNS로만 안부를 확인하는 사이였는데 그놈에게서 온 메시지엔 이렇게 적혀있었다. "잘 지내? 칠성시장에 우동 먹으러 왔는데 그냥 네 생각나서. 너 여기 우동 좋아했잖아." 그래. 돌이켜보면 나는 혼자가 아니었다. 저들이 나를 저들로부터 밀어낸 게 아니라 내가 내 세상 밖으로 저들을 밀어냈을지도 모른다. 외부와 철저히 단절된 내 세상으로 작은 빛이 새어 들어왔다.

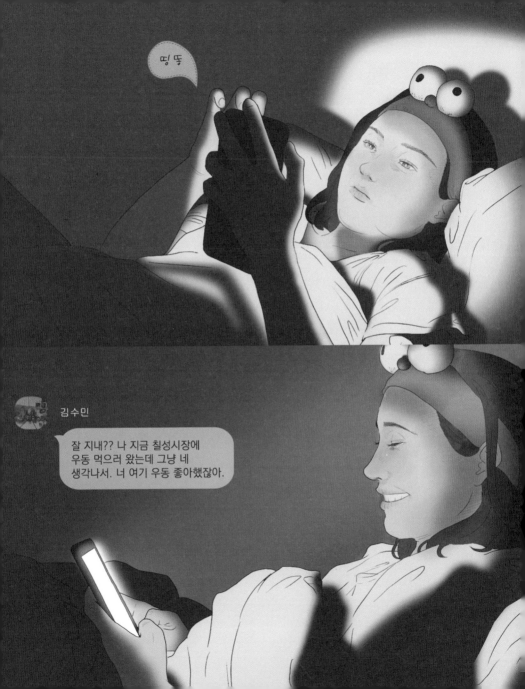

Moment 65

인연이 아니란 말로

나는 당신을 사랑했습니다. 다만, 당신은 당신을 사랑하는 나의 모습을 사랑했겠죠. 당신을 향한 일방적인 사랑은 지칠 수밖에 없었습니다. 다만, 당신은 그런 내 모습을 보고 변했다는 말로 표현할 수밖에 없었겠죠. 처음 당신을 사랑했던 그 마음을 마지막까지 지키지 못한, 변해 버린 그런 내 모습조차 사랑해 주지 못한 나의 부족함을. 당신의 이기심을. 인연이 아니란 말로 예쁘게 포장해 봅니다.

사람은 무언가를 가지고 싶을 때 누군가를 유혹하고 싶을 때 자신이 가지고 있는 것 그 이상으로 혹은 전혀 다른 모습으로 자신을 변화시킨다. 특히 이러한 변화는 사랑에서 많이 나타난다. 사람이 사람을 쟁취하기 위해 내가 아닌 다른 사람이 되어서는 마치 우리의 만남이 인연이라는 듯이 여기를 한다. 거짓된 변화를 가식이라 하고, 가식은 언젠가 들통나기 마련인데 말이야.

가식은 언젠가
들통나기 마련이니까.

Moment 66

남녀의 사랑

남자는 말한다.

표현하지 않아도 다 아는 게 사랑이라고.
늘 생각하고 있다는 것, 보고 싶다는 것을
말하지 않아도 느낄 수 있는 게 사랑이라고.

여자는 말한다.

알고 있어도 확인받고 싶은 게 사랑이라고.
생각하고 있다면 생각하고 있다고, 보고 싶다면 보고 싶다고
다 알고 있어도 굳이 표현해 주는 게 사랑이라고.

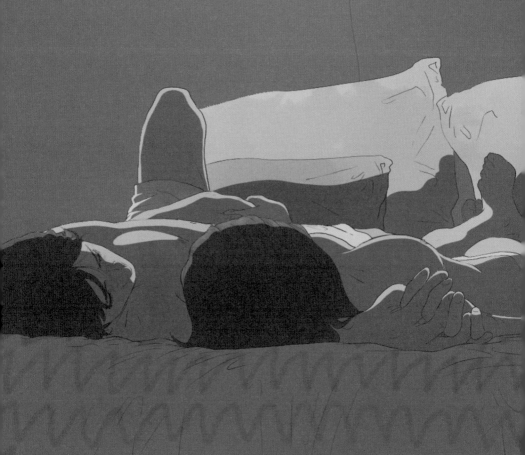

Moment 67

감정의 굴레

낯설다는 느낌은 사람을 긴장하게 만드는 힘을 가진다. 우린 이 낯섦을 설렘으로 간혹 착각하곤 한다. 그 설렘으로부터 사람들은 호기심을 갖게 되고, 누군가에 대한 호기심은 줄곧 이끌림으로 연결되곤 한다.

그 이끌림으로 인하여 가까워진 두 사람은 서로를 조금씩 알아가며, 급속도로 빠른 감정의 성장을 경험한다. 그러한 감정은 낯설었던 그 누군가를 내 사람이라 여기는 편안함으로 탈바꿈한다.

편안하다는 감정은 사람을 익숙해지게 만들며, 익숙함이란 것은 사람을 무디게 하는 힘을 가진다. 익숙함을 느낀 사람은 쉽게 무료함을 느끼기 마련이고, 무료함을 느끼는 사람은 또 다른 낯섦에 이끌린다.

Moment 68

이별을 위한 사랑

누군가를 만나고 헤어지면서 자연스레 몸에 배는 것이 있다. 누군가를 사랑할 때가 되면 이별을 준비한다. 아픈 상처로 남을까 두려워 조금 덜 사랑하게 되었고, 죄책감이 들지 않게 받은 만큼 돌려주려 하였고, 헤어 나오지 못할까 봐 상대를 좀 더 깊이 있게 보지 못했다.

그리고 늘 그래 왔듯 그들은 이별을 맞이했고, 사랑은 역시 믿을 게 못 된다며 확신을 했다.

어느샌가 우리는 이별을 위한 사랑을 하고 있다.

Moment 69

편리함과 동시에 멀어져 가는 것들

하루에 주고받는 연락의 횟수가 줄어들며
그렇게 어떠한 인연들은 멀어져 간다.
인연은 휴대전화로 만들어지는 게 아니고
사랑은 연락으로 하는 게 아닌데 말이야.

지금 당신의 휴대전화에도 있지 않은가.

친분이라는 이유로 만들어졌지만
알림은 꺼져 있는 그 방이.

나만 놓지 못하는 관계인걸까?

Moment 70

위로

누군가에게 기대어 펑펑 울고 싶은데, 약한 모습을 아무에게나 보일 수가 없다. 분명 무언가 잘못되었음을 알았지만, 그렇다고 내가 변할 수도 없는 이 답답함과 주변의 시선이 두렵고 동정받기 싫어서 아무렇지 않게 행동해야 한다는 이 강박감들.

이 모든 것들의 무게에 짓눌려 아무것도 하지 못하는 나에 대한 한심함. 그러면서 누군가 나를 알아봐 주고 위로해 줬으면 하는 간절함.

약한 모습을 보이고 싶진 않아.
하지만 가끔은 누군가에게 기대어
펑펑 울고 싶은 거 있지.

Moment 71

침묵

- 그래서 지금 네 기분이 뭐야?

- 나도 나를 잘 모르겠어. 뭐가 뭔지도 모르겠고, 어떻게 해야 할지도 모르겠어.

- 너도 모르는 그 기분을 그 사람이 알아줬으면 한다는 거야?

- ….

- 침묵은 좋은 방법이 아니야. 침묵은 결국 오해만 만들어 낼 뿐이야.

Moment 72

내가 그렇지 뭐

혼자 있으면 잡다한 생각이 머릿속을 가득 채운다.
그렇게 가득 채운 내 머릿속을 들여다보고 있자면
나 자신이 초라해지고 불쌍하게만 느껴진다.

어디서부터 잘못된 걸까.
왜 이렇게 되어 버린 걸까.

그렇게 고민하다 이번에도 여느 때와 다름없이 답을 찾았고
나는 그 답을 수없이 되뇐다.

"내가 그렇지 뭐."

Moment 73

다들 그렇죠

다들 그렇죠?

그 사람이 없어도 음악을 들을 수 있고요.

그 사람이 없어도 영화를 볼 수 있고요.

그 사람이 없어도 맛있는 음식 먹을 수 있고요.

그 사람이 없어도 언제든 여행을 갈 수 있고요.

그 사람이 없더라도 하지 못할 일들은 없어요.

혼자서도 다 잘할 수 있는 것들이에요. 오로지 내 시간에 맞춰 내 기분대로 할 수 있으니까 오히려 더 수월할지도 몰라요. 그렇죠?

그런데도 필요한 거잖아요. 우리.

혼자서 충분히 할 수 있는 것들인데도 굳이 같이하고 싶은 사람이 있는 거잖아요. 다들 그렇죠?

굳이 함께이면 어떨까 하는 마음 말이야.

Moment 74

사랑이란 게 참

참 아이러니한 건, 세상에는 제가 사랑해선 안 될 사람, 만나서는 안 될 사람 등 마음에 담아두는 것조차 허락되지 않는 사람이 존재합니다.

그런데 더 아이러니한 것은 그게 제가 당신을 사랑하지 말아야 할 이유가 되진 못한다는 것입니다.

Moment 75

완주

누군가를 좋아하면 좋아할수록 그 사람과 헤어지게 됐을 때를 상상하게 된다. 왜 사랑을 하면서 이별을 걱정해? 누군가가 물어온다면 나는 쉽사리 대답하지 못할 것이다. 아마 이러한 감정을 느끼는 것은 나뿐만이 아닐 것이다. 그렇다면 왜 우리는 사랑을 하면서 이별을 걱정할까.

이별을 걱정한다는 것은 덜 사랑해서가 아닌 더 사랑해서기 때문이다. 당신을 사랑하지 않아서 다가올 이별 따위를 걱정하는 게 아니라, 당신을 사랑하기 때문에 다가올 이별을 걱정하는 것이다. 그렇다면 이러한 걱정을 떨쳐 낼 방법은 없을까.

난 아직 그 답을 찾지 못했다. 다만 한 가지 확실한 것은 그럼에도 불구하고 나는 당신을 사랑한다는 것이다. 함께 걷는 이 길의 끝에 뭐가 있을지는 모르겠지만 일단 가 보는 것이다. 이 길의 끝에 우리를 기다리는 것이 비록 이별일지라도, 당신과 함께 걷는 매 순간순간이 소중하고 아름다울 테니까.

당신과 함께 하고 싶은 것들이
너무나 많아.

Moment 76

영원할 것 같았던

사람 믿음이라는 게 참 간사하다.
상대방의 변심에 상처받고
상대방을 미워하고 증오한다.

영원할 것 같았던 자신도
결국은 변할 것이라는 걸 망각한 채로.

Moment 77

차이

내가 느낀 남자와 여자의 차이가 있다면,

여자는 몰라도 되는 것들을 굳이 알려고 하며
몰라도 되는 것들을 너무 많이 안다.

남자는 당연히 알아야 하는 것들을 모르며
알려고 하지 않는다.

Moment 78

권리

누군가를 사랑하게 되면 그 사람에게 바라는 게 많아집니다. 힘들 때 먼저 다가와 안아 주기를 바라고 사랑이 고플 때 먼저 표현해 주기를 바라고 다퉜을 땐 먼저 손 내밀어 사과해 주기를 바랍니다. 물론 사랑하기 때문에 가능한 것들입니다. 사랑하기 때문에 당연히 요구할 수 있는 것들입니다. 그래서 저는 그 사람이 원하는 걸 먼저 다가서서 해 주려 합니다.

사랑받고 있으니까요. 충분하잖아요. 그럼.

Moment 79

생각하는 대로

지금에 안주해 버리고 만다. 어렸을 땐 꿈이 있었고, 그 꿈만 보며 열심히 달렸다. 그런데 나이테가 조금씩 촘촘해지고, 어느 정도 사회에 자리 잡을 무렵에 그 꿈도 희미해져 갔다.

무얼 하든 걱정이 앞서고 의욕마저 없어진 지금. 어렸을 때 그 열정은 다 어디로 사라져 버린 걸까. 생각했던 대로, 하고자 했던 것을 하며 살지 못하니 이젠 그저 살아지는 대로 생각해 버리고 만다. 그게 일이든. 사랑이든.

열정적이었던
그때의 내가 그립곤 해.

Moment 80

아등바등

이젠 그만두어야 할 때, 출발점으로 돌아가 다시 시작해야 할 때임을 알지만, 대부분은 그 사실을 인정하지 못하며 놓인 현실을 뭉개 버린 후 자신의 이상만을 좇아 간다. 뒤돌아보는 게 겁이 나서. 아니면 뒤돌아보니 너무 먼 길을 와 버려서. 그렇게 자신을 돌아보지 못하고 앞만 바라보며 뛴다. 그곳이 늪인 줄도 모른 채.

대부분이 느낄 것이다. 지금 나는 '열심히'가 아닌 '아등바등'이라는 것을.

Moment 81

어른이라는 건

어렸을 땐 어른이 되면 모든 것에 명확한 답을 찾을 줄 알았다. 그러나 내 생각과는 반대로 내가 답이라고 찾았던 모든 것들이 맥없이 흔들리는 느낌이 든다. 어쩌면 걷잡을 수 없이 흔들리는 이 초조함을 감추기 위하여 오히려 더 아는 척을 하고, 인생 선배인 척하며 가르치려 드는 걸지도.

내 감정을 감추는 법에 익숙해지다 보니
나를 표현하는 법에 서툴러져 버렸고
아프고 슬픈 것들로부터 담담해지려 하다 보니
모든 것들을 차갑게 바라봤다

그렇게 조금씩 나를 가두다 보니

이젠 모든 것들로부터 무감각해지고 담담해져 간다

그게 사랑이든 사람이든

Chapter 4.

단단해지기

어쩌됐건

우리에게 필요한 건

행복해지려는 노력보다

굳이 행복하지 않아도 될 여유가 아닐까

Moment 82

결국은 사람

너무 상심하지 마라.
너무 주눅 들지 마라.

사람이 사람을 만나고, 사람이 사람에게 호감을 느끼고, 늘 사람과 사람 사이에서 문제가 생기고, 사람과 사람이 멀어지는 거지. 결국은 다 사람 산다는 게 이런 거고, 사람 산다는 게 다 거기서 거기인 거다. 이러나저러나 결국은 똑같다. 그것을 본인이 받아들이느냐 못 받아들이느냐의 차이일 뿐이지.

다 그런거야. 그냥 받아들여.

Moment 83

존중

내가 아는 모습의 당신이든 내가 알지 못하는 모습의 당신이든 어쨌거나 당신은 당신입니다.

누군가를 100% 알게 됐을 때 우리는 그 대상에 쉽게 무료해지고 만다. 더는 내가 알아야 할 것도 알고 싶은 것도 없어져 버렸기 때문에 그 대상은 나에게 더는 흥미를 주지 못한다. 그래서 우리는 또 다른 흥미를 찾아서 내 심장을 다시 뛰게 해 줄 또 다른 대상을 찾아 나선다.

누군가를 알아가는 과정에 있다면 그 대상을 완전히 파악하려 하지 마라. 자연스레 알게 된 몇 가지만으로도 상대방을 존중하고 사랑할 줄 알아야 하며, 차마 내가 알지 못한 몇 가지마저 존중해 주고 감싸 줄 줄 알아야 한다. 비록 내가 알고 있는 당신의 모습이 50%라 할지라도 나는 그 50%를 최선을 다하여 사랑할 것이고, 내가 알지 못하는 당신의 모습이 50%라 할지라도 나는 그 50%로 인하여 충분히 설렐 것이다.

Moment 84

관계법 제 1조 1항

누가 법으로 딱 정해 줬으면 좋겠다.

'누군가와 만남에 앞서 이 사항을 서로 꼭 확인하고 만나시오.'
Q. "당신은, 제 곁에 얼마나 있어 줄 건가요?"

다시는 사람을 믿지 않을 거라고 마음을 고쳐먹더라도 결국 우리는 외로움에 못 견뎌 허물어져서는 누군가에게 기대려고 할 것이 분명하다. 그러고는 또 다짐하겠지.

'앞으로 다시는 사람을 믿지 않을 거야.' 라고.

Moment 85

바보 같은 사랑

나이를 조금씩 먹으면서 배운 게 있다면 '좋아하는 사람에게 좋아한다고 말하지 않는 법'이다. 만남과 헤어짐이 반복될수록 다음 인연에게 바라는 조건들이 많아지고, 혹여나 호감이 가더라도 이 조건을 충족시켜 주지 못하면 고개를 돌린다. 더 아이러니한 것은 조건을 충족시킬 누군가를 찾기보다 이 조건을 가진 상대방이 먼저 다가와 주길 바란다는 것이다. 그러다 보니 나는 어느새 내 감정은 철저히 무시한 채 좋아하는 사람에게 좋아한다고 말하지 못하는 바보가 되어 있었다.

이것저것 재지 않고 마음이 가는 누군가가 있다면 본인의 취향은 잠시 접어 두고 그저 마음 가는 대로 한번 움직여 보는 건 어떨까.

한 번쯤은 그저
내 마음이 가는 대로.

Moment 86

첫 번째가 아니어도 행복하다

나는 두 번째를 좋아한다.

아니, 좋아한다기보다는 좋아하게 되었다고 표현하는 쪽이 맞겠다.

나는 첫 번째를 해 본 적이 없다. 늘 두 번째였고 세 번째, 네 번째 또는 그 외 일 때가 많았다. 물론 첫 번째나 1등을 동경하고 부러워하던 때가 있었다. 내가 갖지 못하는 부분이었으니 열등감에 찰 수밖에 없었다.

'내가 쟤보다 못한 게 뭐지?'

'쟤는 분명 백이 있을 거야.'

등 온갖 부정적인 생각을 해댔다. 그래서 어쩔 수 없이 두 번째가 되었다며 내게 최면을 걸었고, 그걸로 조금이나마 내 마음은 편해졌다.

우리가 순서를 중요시 여기는 건 어려서부터 줄곧 그렇게 세뇌되어 왔기 때문 아닐까. 우린 어렸을 때부터 첫 번째를 목표로 해야 했고 거기서 멀어질수록 조바심을 내야 했다. 그렇게 교육받아 온 탓이다. 이러한 순위 경쟁의 성과물은 성인이 되어 사회에 나와서도 마찬가지였다.

그랬던 내가 두 번째, 세 번째, 네 번째, 혹은 그 외 다수를 사랑하게 된 이유는 안정감 때문이다. 첫 번째가 주는 압박감은 상당히 클 수밖에 없다. 첫 번째라는 것은 경험하지 못한 무언가를 먼저 겪어야 하며, 가본 적 없는 길을 맞는지 틀린지 누구에게도 물어볼 수 없다. 그런 자신감 따위 없는 내게 두 번째 자리는 썩 어울리는 자리일지도 모른다.

첫 번째가 되지 못하는 두 번째의 열띤 변명이라 할 수도 있다. 첫 번째를 못 해 봐서 두 번째에 익숙해진 거 아니야?라고 묻는다면 그 또한 틀린 말은 아니다.

어찌 됐든 나는 수많은 시도 끝에 첫 번째를 해 본 적이 없었고 거기서 좌절하지 않고 두 번째 또는 이하의 순서가 되어도 만족하는 방법을 터득했다.

늘 웨이팅이 있는 유명한 돈카츠 집에 들렀다. 역시나 가게 안은 만석이었고 종업원의 도움으로 대기표를 받았다. 대기표에는 세 번째라는 숫자가 찍혀 있다. 아, 이 얼마나 행복한 날인가.

Moment 87

한 발자국

누군가를 만남에 있어서 다가설까 말까를 늘 고민한다. 한 발자국만 다가서면 되는데 서로 움직이지 않고 그 자리에서 기다리기만 한다. 한 발자국 다가섰을 때, 한 발자국 물러설까 봐 겁부터 낸다.

겁내지 말자 우리. 한 발자국 다가섰을 때 상대방이 한 발자국 물러선다 하더라도 전혀 달라질 게 없는 한 발자국 거리일 뿐이다.

Moment 88

같은 사람

나 같은 사람과 함께 가기를 원한다.

말 같지도 않은 말들도 온화한 미소로 귀 기울여 주고, 미묘한 차이의
표정만으로도 내 마음을 알아주고, 어제 본 예능 프로그램이나 드라마 이
야기가 아닌, 지난 당신과 나의 하루로 이야기꽃을 피우며, 마치 오래 사
귀어 온 친구처럼 나의 단점을 꺼내 놓을 수 있지만, 가끔씩 맞닿는 손길
로 설렐 수 있는 이런 나와 같은 사람과 함께 가기를 원한다.

Moment 89

나만 덩그러니

이젠 내 나이에 어울릴 때도 되었는데, 이젠 나잇값을 할 때도 되었는데 아직까지는 내 나이가 어색하다. 모두들 적응하고 나이에 맞는 생활과, 나이에 맞는 생각과, 나이에 맞는 여유가 있어 보이는데, 나만 어릴 적의 내 모습 그대로 변하지 않고 있다. 껍데기만 어른이 되었을 뿐. 알맹이는 전혀 그렇지가 않다. 이젠 정말 나잇값을 할 때가 되었는데, 나는 아직도 무서운 것들이 너무 많고, 저들이 이루고 있는 모든 것들을 과연 내가 이룰 수 있을까라는 나 자신에 대한 불신만 늘어 간다.

나 자신을 믿어야지.

내가 아니면 누가 나를 믿어주겠어.

Moment 90

상황과 사람

버릇없고 싸가지없는 게 아니라
그냥 무표정으로 있는 것이다.
내숭 부리는 게 아니라
수시로 바뀌는 상황에 적응을 못하는 것이다.
사람들과 친해지기 싫어서 그런 게 아니라
사람이 겁이 나서 그런 것이다.

늘 내게 상처를 줬던 건
상황이 아닌 사람이었으니까.

우리 관계에서의 문제점은

결국 나였을까.

나에게 베이고 찔려 피를 흘리는 사람들.
아무짝에도 쓸모없는 쇳덩어리에 불과한 나를
날이 바짝 서게끔 갈아 댄 건 저들인데 말이야.
잘 보이려 애쓰지 말자.
찔리든 베이든.

칼날을 잡는 건 내가 아니라 저들일 테니까.

Moment 91

인맥 리셋

순간의 감정에 혹해서 아니면 다른 누군가에 의해서 필요 없는 사람, 몰라도 되는 사람들까지 알아 버린다. 내 사람 하나 챙기기도 바쁜데, 번거로운 인맥이 하나 늘어난 셈이다.

리셋이 필요하다. 흔쾌히 수락하기 힘들고, 매몰차게 거절하기도 힘든 애매한 인맥 따위는 없으니만 못한데 말이야.

Moment 92

최고의 풍경

제주도에서 여름휴가를 보내고 돌아오는 비행기 안이었다. 창가 자리를 원했지만 늦은 예매로 통로 쪽에 앉게 되었다. 그러나 그닥 불만스럽지는 않았다. 지칠 대로 지친 몸이라 창밖 경치는 아마 눈에 들어오지도 않았을 테니까.

내 왼쪽으로 두 자리에는 풋풋한 커플이 앉았고(듣고 싶지 않았지만, 아마도 1,000일 기념 여행을 온 듯하다) 우측 1시 방향 통로 쪽에는 아이들과 여행 온 듯 보이는 가족이 앉았다. 왼쪽으로는 커플이, 앞쪽으로는 아이들이 저마다의 여행담으로 떠드는 탓에 쉬려고 했던 내 계획은 수포로 돌아갔다.

"자기 똑같은 사진을 몇 장을 찍은 거야?"

"이건 눈 감았으니까 지우고, 이건 살짝 역광이다."

"여기 너무 이쁘지 않았어?"

왼쪽 커플은 찍은 사진 중 서로 제일 잘 나온 사진을 고르느라 바빠 보였다.

우측 앞 통로 쪽 가족여행을 온 두 아이의 엄마 역시 핸드폰으로 사진을 고르고 있었다. 사진은 온통 풍경을 배경으로 한 아이들 사진뿐이었다. 아이들의 엄마는 한 장 한 장 아기들 얼굴을 확대해서 보기에 바빴다.

눈 감고 있는 사진도, 흔들려 초점이 나간 사진도 도통 지우는 법이 없었다. 그나마 간간이 나오는 멋들어진 풍경 사진은 한참을 보다가 이내 휴지통으로 처박아 버렸다.

이 먼 제주도까지 와서? 저 예쁜 풍경들을 지워 버린다고?

도무지 이해할 수가 없었다.

집으로 돌아와 짐을 풀고 자려 누웠는데, 마침 그 답을 찾았기에 이 글을 적는다.

두 커플도

두 아이의 엄마도

최고의 풍경을 골라내고 있던 것이다.

눈을 감았건 초점이 나갔건 그 부분은 중요한 게 아니었다. 어쨌든 사진 가운데 내가 있다면 그건 엄마에게 최고의 풍경이지 않았을까.

내 폰엔 엄마 사진이 몇 장이나 있더라.

Moment 93

나의 문제점

누구보다 나의 문제점을 잘 아는 것은 나다. 많이 모자라다는 것도 충분히 알고, 남들보다 못하다는 것도 뼈저리게 느끼고 있는데, 그런 나의 문제점들이 상대방의 입에서 나올 땐 부정해 버리고 만다.

애써 담담해지려 노력해 보아도 다른 외부적인 누군가로부터 나의 이런 문제점들이 노출되어 버리면, 마치 옷 한 벌 걸치지 않은 벌거숭이처럼 한없이 부끄러워지고 비참해지는 것이 사람이다.

애써 담담해지려고 했지만,

아직은.

Moment 94

천일홍 안개꽃 옥시 스타티스 왁스

자려고 누웠는데 아는 동생에게 늦은 시간 전화가 걸려 왔다.

성격상 전화 통화를 그닥 좋아하지 않는 나를 동생은 잘 알고 있던 터라 전화를 받기 전 무슨 고민이 있겠구나 직감했다. 아니나 다를까, 예상은 적중했다.

꿈에 그리던 직장에 들어갔지만 텃세 때문인지, 전 직장과 다른 분위기 때문인지 뭔가 모를 소외된 듯한 기분이 든다고 했다. 그래서 직장 사람들과 어울리지 못해 속상하다는 고민을 꺼냈다.

잠결에 받은 전화라 얼른 대화를 마무리 하고 싶은 마음에 속이 텅텅 빈 위로를 건넨 뒤 전화를 끊었다. 하지만 마음은 썩 좋지 않은 채로 잠에 들었다.

눈뜨자마자 그놈의 직장에 자그마한 꽃다발을 퀵으로 보냈다. 작은 카드와 함께.

"서로 다른 꽃들이 종류별로 모여 만들어진 하나의 꽃다발을 봤을 때 우린 왜 다 종류가 다른 꽃이냐 하지 않고 예쁜 하나의 꽃다발이라고 생각한다. 너 또한 그 무리에서 어울리지 않는 사람이라 생각할지 모르지만 그러기에 네가 있어야 할 곳에 잘 있는 것이라고 생각한다. 누군가는 꽃다발 속에서 자기가 좋아하는 어느 한 종류의 꽃에 눈길을 줄 수도 있지만 어쩌면 모두가 바라보는 건 꽃다발이 가진 의미이니까. 그러니 너무 마음 쓰지 말았으면 한다. 너 또한 꽃다발이 꽃다발일 수 있게 해 주는 하나의 작은 꽃이니까."

라고 거창하게 쓰고 싶었지만 무뚝뚝하게 몇 글자만 적어 보냈다.

"천일홍, 안개꽃, 옥시, 스타티스, 왁스
다 다른 종류의 꽃으로 만든 꽃다발
부조화들의 조화"

알아들었을지는 모른다. 그저 어제 이야기를 들었던 내 마음이 조금 편해지고자 한 행동일지도 모른다.

저녁에 문자가 왔다.
'고마워요, 형'

Moment 95

자존심

옛말에 자존심이 밥 먹여 주냐는 말이 있다. 내가 겪어 본 결과 두 가지 확실해진 것이 있다.

첫째, 자존심이 밥 먹여 준다는 것.
둘째, 평생 같이 밥 먹고 싶은 사람에게는 자존심을 세우지 않는다는 것.

평생 함께 밥을 먹고 싶은 사람에게는
자존심 따위 세우는 게 아니란다.

Moment 96
어쩌면 나는 마마보이

일할 때면 휴대폰을 들여다볼 틈이 없다. 그러다 알림에 쌓인 엄마의 부재중을 보면 전화를 걸어 도로 짜증을 냈다. 일하는 거 알면서 뭔 전화를 이렇게 했냐며. 그러다 어느 날은 내가 물어볼 게 있어 엄마에게 전화를 했다. 하지만 엄마는 전화를 두 통, 세 통해도 받지 않고 그러다 몇 분 뒤 휴대폰이 울렸다. 나는 왜 이렇게 전화를 안 받냐고 또 짜증 섞인 목소리를 냈다. 이러저러한 일 때문에 못 봤다며 미안하다고 말하는 엄마.

부끄럽고 한심한 내 자신에 화가 났다. 왜 이렇게 짜증을 냈을까.

언젠가는 걸려오지 않을 소중한 벨소리인데. 지금 내가 아무렇지 않게 전화를 걸어 들을 수 있는 소중한 통화 연결음인데.

세월이 무심하게도 흘러 언젠가 엄마가 전화를 받지 않을 수도 있다는, 아니 받지 못할 수도 있는 그 날에 대한 두려움. 내 휴대폰에 울리는 벨소리와 함께 더 이상 액정 위로 엄마라는 단어가 보이지 않는 날에 대한 두려움이 덜컥 다가왔다.

두 통이든 세 통이든 걸쳐도 좋으니 엄마가 전화를 받을 수만 있다면.
내가 아무리 바빠도 내 폰 액정에 엄마라는 단어를 띄울 수만 있다면.

나는 어쩌면 마마보이일수도 있겠다.

Moment 97

변화

사랑이 지속될수록 우리는 대개 서로에게 침묵해 버리는 경우가 많다. 이러한 증상은 꽤나 많은 연인에게서 볼 수 있다. 해야 할 말들을 최대한 아끼며 상대방이 듣고 싶어 하는 말들만 늘어놓는다. 상대방의 단점은 외면한 채로 상대방의 장점만을 보려고 한다. 그렇게 색안경을 써서 상대방을 바라보고서는 그 이유를 사랑 때문이라고 말한다. 그 사람의 있는 그대로를 사랑하기 때문에 저러한 단점마저도 어쨌든 그 사람의 것이기 때문이라고 말한다.

이것은 어디까지나 자기합리화일 뿐이다. 사랑하기 때문에 말을 못 하는 게 아니라 사랑이라는 핑계로 말을 안 하는 것이다. 하나하나 말하기 시작하면 결국은 내가 서운해져 버릴 것 같아서 지레 겁을 먹고 그냥 그 모습마저 사랑이라고 난성 시어 버리는 것이다.

사랑이 지속되길 원한다면 서로에게 맞춰 변해야 한다.

서로가 서로에게 맞춰가며
서서히 우리가 되는 그런.

Moment 98

얼마나 행복해요

앞으로 더 좋은 만남을 위해 지금 우리가 노력해야 한다는 것. 이 얼마나 우스운 얘기예요. 훗날의 우리를 위해 지금의 우리를 희생한다는 것. 이 얼마나 안타까운 일이에요. 지금을 사랑하기도 벅찬데 말이에요.

당장 마주 잡은 손만으로도 얼마나 행복해요. 썩 맛있지도 않은 식당에 가서 서로를 사진에 예쁘게 담으며 놀고, 카페에서 대수롭지 않은 일들로 웃고 떠들고. 당장 TV를 켜면 나오는 예능 프로그램을 보며 웃고. 이 얼마나 평범하게 행복한 일이에요. 미래 따위 신경 쓰지 말고 지금의 그 순간순간을 사랑해요, 우리. 오지도 않은 미래 따위를 왜 신경 써요.

지금이 지나면 그다음의 지금이 오겠죠. 제아무리 미래라고 해 봤자 어쨌든 지금이 모여야 만들어지는 거잖아요, 그러니 우리 지금 사랑하지고요. 더 나아지려 노력하지 말고 그냥 사랑해요, 우리.

Moment 99

1,500원짜리 행복

슈퍼에 들러 1,500원짜리 쭈쭈바를 하나씩 샀어요.
서로 다른 맛을 골라 쭈쭈바 꼭지를 바꿔 먹으며 산책로를 걸었죠.
우리는 걷다가 부리와 다리가 긴 두루미 같은 새도 봤고요.
벤치 밑에 숨어 식빵을 구우며 앉아 있는 고양이도 봤고요.
산책로 옆 천에 있는 수달과 헤엄치는 물고기들도 봤어요.
그렇게 우린 손잡고 같은 방향으로 불어오는 바람을 맞고
같은 곳을 보며 하염없이 걸었어요.
우린 오늘 단돈 1,500원을 들여 이 멋진 일을 만들어 냈어요.

이 정도면 남는 장사 아닌가요.

Moment 100

눈

눈이 내려 얼어붙은 땅 위에 소복이 쌓이고, 뼈만 앙상하게 남은 나무 그 가지가지 위에 소복이 쌓입니다. 그리고 조금씩 녹아들기 시작하겠죠.

그렇게 눈이 쌓이고 녹아들기를 반복해 잔뜩 수분을 머금은 땅과 나무는 더는 눈이 오지 않을 때 꽃을 피울 거예요. 모든 것들이 메말라 있던 제 위로 오늘도 저는 당신과의 추억을 소복이 쌓습니다. 그리고 더는 당신과의 추억을 만들어내지 못하더라도 저는 당신이 제게 준 그 추억들이 꽃을 피우겠죠.

제가 더 나은 모습으로 변하고 있다면 제가 더 나은 모습으로 변한다면 그건 전부 당신 때문일 것입니다.

Moment 101

사랑은 무

　사랑을 믿느냐고 물어본다면 제 대답은 '아니요'입니다.

　사랑은 '무(無)'예요. 존재하지만 존재하지 않아요. 눈에 보이지도 손으로 잡을 수도 없고, 누군가에겐 있지만, 누군가에겐 없죠. 그런데 우리는 눈에 보이지도 손으로 잡을 수도 없는 이 존재를 누군가로부터 느낄 수 있고, 그 순간을 우리는 '사랑에 빠졌다'라고 말해요. 그렇게 우리는 오로지 본인의 감정으로만 이 '무'의 존재를 단정 지어 버리곤, 이 감정이 상대방도 나를 보며 똑같이 느끼기를 갈망하죠. 그렇게 만들어 낸 이 '사랑'이라는 것을 두고, 처음 내가 느꼈던 그 감정과 다를 때 우리는 '사랑이 변했다'라고 말해요. 사랑은 변하지 않아요. 나를 대하는 상대방의 모습이 변하는 거죠. 변해 버릴 사랑을 두려워하지 말고, 조금씩 사그라들 설렘에 초조해 하지 말고 변하면 변한 모습 그대로 설레지 않는다면 조금은 익숙해진 그 모습 그대로. 당신을 바라보는 제 시선에서 사랑이라는 것을 덜어내더라도, 당신은 있는 모습 그대로 충분히 아름다울 거니까요. 보이지 않는 사랑 따위는 믿지 않아요. 다만, 제 눈앞에 존재하는 당신은 믿어요.

나는 오로지 너만을 믿고,
너 역시 나를 믿는.

Moment 102

권태기

　권태기라는 관문에 도달한다. 모든 연인들이 그렇다는 것은 아니다. 다만 대부분의 연인들이 그렇다. 내가 싫어하는 상대방의 모습이 증폭되고, 함께이지만 외롭고. 상대방에 대한 설렘과 사랑보다는 정과 의리로 만남을 이어간다는 기분. 이 권태기를 어떻게 극복해 나가야 할 것인가. 정과 의리로 이어가야 할 것인가. 아니면 사랑의 수명이 다한 것이므로 이제 그만 서로를 놓아줄 것인가. 그렇다. 권태기라는 것은 내 사랑의 힘이 다했다는 것이다. 사랑하는 이를 보고 더 이상 설레지 못하는 이의 잘못도 아니고, 사랑하는 이에게 더 이상 설렘을 주지 못하는 이의 잘못도 아니다. 마음먹기 나름이겠지만, 내게 있어서 권태기는 극복하는 것이 아니다. 다시 한번 처음의 당신과 사랑에 빠질 수 있는 기회다. 내 사랑에 수명이 다하더라도, 그 순간 나는 또 당신에게 반할 테니까.

Moment 103

익숙함에 속아 소중함을 잃지 말자

누군가에게 익숙해진다는 것. 좋은 영화, 맛있는 음식, 분위기 좋은 카페, 썩 괜찮은 어딘가를, 무언가를 알게 되면 당연히 떠오르는 사람.

익숙해진다는 것은 소중해진다는 것이고, 익숙해진다는 것은 없어선 안 될 존재로 자리매김한다는 것이다. 익숙함에 속아 소중함을 잃지 말자는 말은 틀린 말이다. 적어도 내가 생각하기엔 그렇다.

익숙하다는 것은 곧 소중하다는 것이다. 그 익숙함을 당연한 것으로 받아들이느냐 그 익숙함을 감사한 것으로 받아들이느냐의 개개인 차이일 뿐.

Moment 104

꿈에

최근 들어 부쩍 꿈을 많이 꿔요. 꿈에서 말이죠. 자줏빛 안개가 잔뜩 피어 있는 파란 튤립을 선물 받아요. 꿈을 꾸는 내내 그 꽃다발을 안고 다녀요. 장면에서 다른 장면으로 넘어갈 때마다 그 꽃다발을 품에 꼭 안고 있어요. 혹시나 잃어버릴까 봐서요. 분명히 붉게 물든 초록색 산을 오르고 있었는데 그 산의 꼭대기에는 수평선조차 보이지 않는 분홍색 바다가 있어요.

그렇게 시시때때로 바뀌는 공간 속에서도 꽃다발을 안고 있어요. 혹시나 잃어버릴까 봐. 점점 더 깊어지는 꿈속에서 저는 선물 받은 안개가 잔뜩 핀 튤립을 더는 찾지 않게 돼요. 어딜 가든지 늘 안고 있던 그 꽃다발을 더는 찾지 않게 돼요. '굳이 내가 꿈을 꾸면서까지 무언가를 힘들게 신경 써야 할 필요가 있을까? 그냥 꿈일 뿐이잖아. 깨고 나면 없어질 텐데.' 그렇게 점점 꽃다발의 존재를 잊어가요. 그렇게 꽃다발의 존재가 완전히 잊힐 때쯤 서는 꿈에서 깨어나죠. 혹시나 꿈을 꾼다면 그 꿈속에서 일어나는 모든 일을 소중히 여기세요. 소중했던 것들이 더는 소중해지지 않을 때쯤에 꿈에서 깰 테니까.

당신과 함께하는 모든 것은 소중해.

Moment 105

저울

어느 곳이든지, 그리고 그 누가 됐든지. 살아가면서 인생의 한 부분이 괜찮아진다 싶을 때, 다른 한 부분은 나빠진다.

'인생'이라는 건 '행운'과 '불행'이 아주 미세하게 차이를 낼 뿐, 어느 한쪽으로도 치우치지 않는 정교하게 만들어진 저울이다.

나는 내 인생을 잘 살아가야지.

Moment 106

사랑의 증명

사랑이라는 게 사실 그리 거창한 것도 아니다. 긴 생머리에 반해 만났던 그녀가, 어느 날 갑자기 긴 머리를 자르고 단발머리로 내 앞에 나타나더라도 그녀가 예뻐 보인다면 그게 사랑이지 않을까.

사람이 사람을 사랑하는데
늘 한결같을 수 없다는 걸 알면서도
그걸 인정하지 못한
저를 용서해 주세요.

당신이라는

계절에 맞춰 변할지언정,

그 자리를 지키는

한 그루의 나무가 되지 못한 저를.

Epilogue

또 다른 사랑을 할 당신에게

'아프니까 청춘이다'라는 말이 있다. 어렸을 땐 이 말을 이해하지 못했다. 사람 때문에 아프고 사랑 때문에 아프고 청춘이라는 이유로 감당하기엔 너무 버거운 감정들이었고 청춘이라는 이유로 겪기엔 너무 아픈 경험들이었다. 허나 지금의 나는 모든 것들로부터 무뎌져있다. 사랑으로부터 사람으로부터. 아쉽지 않을 정도로만 나를 내비치고, 상처받지 않을 정도로만 내 감정을 주고, 아프지 않을 정도로만 사랑을 한다. 그러므로 인해 나는 예전처럼 앞뒤 안 가리는 사랑 따위는 하질 못하며, 새로운 인연을 만나길 꺼린다.

만약에 지금 무언가로 인해 또는 누군가로 인해 아프다면 "부러워요. 충분히 많이 아프세요."라고 말해 줄 것이다. '아프니까 청춘이다.'가 아니라 '아파야 청춘이다.'라는 것이다. 한 번쯤은 아파볼 만하지 않은가. 그마저도 아름다운 순간일 텐데.

이 책을 통하여 말해 주고 싶은 한 가지는 사랑의 끝은 이별이 될 수 없다는 것이다. 이별에 아파하는 이들 대부분이 애초에 출발선을 잘못 잡았기 때문이다. 이별의 끝은 사랑이다. 제아무리 아프다 한들 제아무리 힘들다 한들 어쨌든 우린 또 사랑을 할 테니까. 이별이 있어야 사랑이 오니까.

책의 마지막 페이지를 넘기면 그 책은 더 이상 읽을 책이 아닌 읽은 책이 된다. 다만 좋았던 책과 나빴던 책으로만 나뉠 뿐이지.

우리 헤어지지 않게 해주세요 (개정판)

1판 1쇄 발행 2019년 01월 25일
1판 2쇄 발행 2019년 02월 07일
2판 1쇄 발행 2023년 10월 20일
2판 2쇄 발행 2024년 07월 22일

지 은 이 김수민

발 행 인 정영욱
편집총괄 정해나
디 자 인 정해나 차유진
편   집 박소정

펴낸곳 (주)부크럼
전 화 070-5138-9971~3 (도서기획제작팀)
홈페이지 www.bookrum.co.kr
이메일 editor@bookrum.co.kr
인스타그램 @bookrum.official
블로그 blog.naver.com/s2mfairy
포스트 post.naver.com/s2mfairy

ⓒ 김수민, 2023
ISBN 979-11-6214-457-2 (03800)